TODO POR UNA ENTREVISTA

Minis vol. 2

Primera edición: Febrero 2021

Todo por una entrevista

Minis #2

Elsa Tablac

CAPÍTULO 1

ALICE

—¿Sigues pensando en él? Se nota a la legua —me dijo Erin al regresar del baño.

Habíamos quedado para desayunar en Bus Stop, una de mis cafeterías favoritas del West Village.

La camarera nos trajo nuestras tortitas y con el primer bocado ya volví al Planeta Alice y pude centrarme en nuestra conversación.

—Pues no. Solo estaba mirando por la ventana —contesté.

—Ya. Quiero todos los detalles. Con ese ridículo adelanto que me contaste por teléfono no es suficiente, como comprenderás.

—No sé por qué le das tanta importancia. Solo fue un beso.

—Nena, ¡lo tuyo sí que ha sido una llegada triunfal a Nueva York!

En eso no quería quitarle la razón a Erin. Estaba feliz, la verdad. Exultante. A mis veintisiete años, me había liado la manta a la cabeza y había abandonado Minnesota para instalarme en Nueva York y perseguir mi sueño: trabajar en una gran editorial. Tenía buenas perspectivas y estaba pendiente de confirmar un par de entrevistas de trabajo en los próximos días. Erin era una de mis mejores amigas de la universidad y se había adelantado al mudarse a Manhattan hacía ya unos años.

Desde entonces había tratado de convencerme para que me marchase a vivir a la ciudad y, la verdad, no tuvo que esforzarse mucho: las mayores empresas del sector editorial estaban en Nueva York y allí era donde mis pasos apuntaban desde hacía tiempo prácticamente por inercia.

Después de varios años ahorrando y varios trabajos como becaria a distancia, por fin había conseguido un par de entrevistas prometedoras. Pero como también me moría de ganas de tomarle el pulso a la ciudad —que ya conocía después de varias visitas a Erin—, decidí aprovechar el final del verano e instalarme unas semanas antes de empezar la búsqueda en serio.

Y claro, no iba a dejar de disfrutar de la noche neoyorquina. Tenía muchas ganas de salir de fiesta un sábado, y una de las chicas de mi clase de yoga, Reese, me invitó a unirme a ella y sus amigos.

—No hagamos una montaña de un grano de arena, Erin —le dije—. No es para tanto. Estábamos en un club de Brooklyn. Me quedé sola un momento y se acercó un chico. Un tipo muy guapo. No voy a engañarte: nos salían fuegos artificiales de los ojos cuando nos mirábamos. La música estaba bastante alta, así que se acercaba a hablarme al oído, pero apenas podía oírle. No sé si te lo he dicho alguna vez, pero la oreja, esa zona del cuello...es uno de mis puntos débiles.

Erin se rio.

—No. No lo sabía.

—Bueno. El caso es que me besó. Nos besamos. Me dijo su nombre, Tom. Eso sí lo oí.

—¡Tom! Y entonces...

—Entonces sonó la alarma de incendios y vi una llamarada al fondo de la sala. Menos mal que no sucedió nada y alguien con lucidez y sentido común echó mano bastante rápido de un extintor. Pero evacuaron el local a toda velocidad.

—¿Y perdiste a Tom? ¿Cómo es posible?

—Él me sacó de allí. No me soltó de la mano, mientras avanzábamos por la salida de emergencia. Pero había mucha gente y nos separamos. No lo volví a ver.

Dije esto último con un deje de tristeza, pero esperaba de verdad que las tortitas con arándanos que tenía delante me animasen un poco. Aquella historia era un poco deprimente, la verdad. Al día siguiente, después de esa noche, miré las noticias locales acerca del desalojo de The Satellite, el club en el que estábamos. También me aseguré de que Reese y los demás estaban bien. Por suerte nadie había resultado herido, lo cual fue un milagro, porque había mucha gente y la evacuación no había sido demasiado ordenada.

Pero no tenía noticia alguna sobre él. Sobre Tom. Solo sabía su nombre. El chico del beso. Y en una metrópolis como Nueva York tendría mucha, mucha suerte si nuestros caminos volvían a cruzarse.

TOM

El lunes se me hacía cuesta arriba y no estaba precisamente animado ante la perspectiva de enfrentarme a la montaña de currículums que tenía sobre la mesa. La directora editorial se había acercado a mi despacho hacía solo media hora y me había rogado que encontrásemos a alguien urgentemente para el puesto de editora *junior*.

—Cassidy, la editora de nuestra línea juvenil, se ha marchado repentinamente —anunció—. Ni siquiera nos ha avisado con los quince días que requería su contrato, y tengo a dos autoras a punto del colapso mental. Necesito a alguien competente que les haga de psicóloga y que, además, en sus ratos libres, me consiga al próximo autor superventas. Y con disponibilidad inmediata, por supuesto. Ánimo, Tommy. Sé que lo conseguirás.

Me plantó un papel delante del teclado con su lista de deseos y salió del despacho sin darme la opción a réplica. La miré por encima de la pantalla. Básicamente me pedía un ser perfecto, como siempre. Y lo quería para ayer. Estaba ya acostumbrado a lidiar con los requisitos de Laura Linley, nuestra amada líder.

Como director de recursos humanos de la editorial WonderBooks debería ya estar acostumbrado a este tipo de urgencias, pero de verdad que desearía poder tener al menos unos días para evaluar a fondo a los candidatos. O más bien, candidatas. Sabía muy bien que Linley prefería chicas para las vacantes de edición en libros juveniles. Yo también, la verdad. Me encanta trabajar rodeado de mujeres. Pero, ¿a quién no? Son agradables, listas, empáticas, saben hacer varias cosas a la vez y no me cabe duda de que hacen de esta despiadada oficina un lugar mejor. Incluso la bruja de Linley tiene sus virtudes.

Descargué el archivo de candidatas, dispuesto a filtrar los diez mejores perfiles. Todo el mundo quería trabajar en Nueva York, por supuesto. Es el paraíso editorial, así que nos llegaban currículums a diario. Por lo general hubiese dejado esa tediosa tarea de filtrado a mi asistente, Liz, pero la tenía ocupada con otros dos candidatos para el departamento de marketing. Así que me quité la chaqueta del traje y me puse a ello.

Al cabo de media hora de búsqueda, vi su solicitud en nuestro sistema. Me llamó la atención enseguida, por la foto de su perfil en LinkedIn.

Era ella.

La chica de The Satellite. Una belleza a la que no me pude resistir. La misma que besé y perdí. La misma en la que me había pasado todo el fin de semana pensando obsesivamente. Ya había decidido volver a The Satellite el próximo jueves a la misma hora para ver si ella hacía lo mismo, pero justo el domingo había leído en varias redes sociales que permanecería cerrado durante unas semanas hasta que se esclareciesen los motivos del incendio.

No me podía creer mi suerte. ¿Acaso era editora? Alice. Alice Thompson. Ni siquiera me había dicho su nombre. Nos dejamos llevar por una química arrolladora. Al principio pensé que tal vez era por las copas que me había tomado. Pero no. Habían pasado cinco días desde el incendio del Satellite y seguía pensando en ella. Incluso había vagado un poco por las calles de Brooklyn, con la absurda idea de encontrarla.

Revisé rápidamente su currículum. Graduada en Literatura en la Universidad de Minnesota. Master en Escritura Creativa. Había acumulado algo de experiencia trabajando a distancia en algunos proyectos de Simon & Schuster y tenía una interesante cartera de autoras *indies* cuyos manuscritos editaba. *Nada mal, Alice.* Imprimí todo y anoté su teléfono en un post-it.

Linley asomó su cabeza de nuevo por mi despacho, interrumpiendo mis ensoñaciones.

—¿Necesitas que te dé más información sobre el puesto?

—Creo que he encontrado a alguien que podría encajar, Laura.

—¿Ya? Ese es mi chico.

CAPÍTULO 2

ALICE

Me vestí a conciencia para mi primera entrevista en serio desde que había llegado Nueva York. Tenía que conseguir ese puesto a toda costa. Una tal Liz, del departamento de recursos humanos de WonderBooks, me había llamado el día anterior preguntando por mi disponibilidad, y explicándome que necesitaban cubrir cuanto antes una vacante de editora *junior*.

Mientras me daba algunos detalles del puesto, yo hacía todo lo posible para no desmayarme. Ni siquiera había aplicado para el que a todas luces parecía mi trabajo soñado. Habían extraído mi contacto de su base de datos. No recordaba cuándo me había inscrito, pero daba igual.

Me encantó todo lo que me explicó. Por supuesto que tenía disponibilidad inmediata.

—Genial, Alice. Nos ha encantado tu currículum. ¿Podrías venir mañana para una entrevista con Tom Myers, nuestro director de recursos humanos? Si todo va bien, es probable que también conozcas a Laura Linley mañana mismo. Es la directora editorial.

¡Laura Linley! Dios mío, estaba hiperventilando. La Sargento Linley. Así era como la llamaban en el mundillo. Era una editora implacable y hacía lo imposible por conseguir a los mejores autores. Vivía por y para ellos. Jamás se había casado y a sus cincuenta años, en las entrevistas que había leído, solía decir que estaba casada con sus escritores y que su dedicación a ellos era a tiempo completo. Por muy dura que fuese, aprendería una barbaridad trabajando al lado de alguien como ella.

Llegué puntual a la sede de la editorial en la Cuarta Avenida, a las diez de la mañana. Subí hasta la planta catorce, como me indicó Liz, y pregunté en recepción por el tal señor Myers. Respiré hondo mientras lo esperaba y miraba los impersonales cuadros que había en la recepción.

Cuando lo vi acercarse por el pasillo, sonriendo arrebatadoramente, quise fundirme con la moqueta y desaparecer del planeta Alice para siempre.

Era él. Tom Myers no era "el señor Myers".

Era él. Tom.

El chico que me alejó de las llamas y que, al mismo tiempo, las desató en mi interior. O tal vez entre mis piernas.

—Buenos días, Alice —me dijo—. Gracias por venir tan rápido.

Miró a izquierda y derecha para asegurarse de que nadie nos observaba. Me tocó el codo de manera casual. Oh, oh.

—¿Te parece si hacemos la entrevista en un lugar un poco más informal? Vamos a una cafetería aquí al lado.

No sé si era la mejor de las ideas.

—Sí, claro.

—¿Has desayunado?

—Sí.

—Yo no —dijo, sonriendo.

Nos dirigimos de nuevo al ascensor. Pulsó el botón de la planta baja y me sonrió otra vez, haciendo que me derritiera un poco más.

Un momento, Alice, pensé. ¿Era posible, cabía la posibilidad, de que Tom Myers no me hubiese reconocido? No sé. Que se hubiese golpeado con fuerza la cabeza durante la atropellada evacuación del club. Que sufriese amnesia selectiva. Algo así. En cualquier caso, aquella situación era de lo más desconcertante. Y un poco incómoda, teniendo en cuenta que él debía llevar las riendas de la conversación y que en aquella tesitura yo no sabía si podía mencionar siquiera nuestro pequeño "encuentro" nocturno.

TOM

Acabábamos de entrar en el ascensor y yo ya sabía que me estaba metiendo en problemas. *Céntrate, Tommy. Es la candidata a una vacante y lo que sucedió la otra noche no debería influir en tu decisión*. Y pese a todo, ya tenía claro que era la chica que le iba a presentar a Linley esa misma mañana. El motivo era más que evidente: quería verla todos los días.

Quería tenerla cerca.

Pero sinceramente, había echado un buen vistazo a su currículum y era la persona perfecta para el puesto. Tan solo tenía que asegurarme de que tenía el suficiente carácter y aplomo como para tratar a diario con alguien como la Sargento Linley.

No era un puesto fácil, y era algo que siempre me había preocupado. Linley era una auténtica institución en la empresa y —me atrevo a decir— en todo el ámbito editorial neoyorquino, pero la realidad es que sus editoras no aguantaban mucho bajo su mando.

Salir del edificio para charlar con ella y bajar en ascensor tampoco era la mejor de las ideas. Me estaba costando horrores no besarla de nuevo y, para colmo, empezaba a tener una erección que traté de disimular de inmediato, ocultándome bajo mi carpeta. Respiré hondo para alejar las imágenes que me abordaban. Deseaba poseerla allí mismo, en aquel ascensor.

Céntrate, Tommy.

Salimos a la calle y respiré más tranquilo. El ajetreo de Manhattan ejercía un poder anestesiante sobre mis instintos.

—¿Dónde vamos? —me preguntó.

Tenía que ponérselo fácil. La chica estaba intentando romper el hielo.

—Allí. Bloom Café.

—Genial.

Noté que caminaba deprisa para situarse a mi altura. La miré de reojo. Era mucho más alto que ella, así que aminoré la marcha. No parecía que se le diese muy bien andar sobre aquellos tacones, pero la manera en que estilizaba sus piernas y las curvas que dominaban su traje informal me estaban volviendo loco. Exactamente igual que la noche en que nos habíamos conocido. ¿Quién de los dos iba a sacar el tema? Aquello rozaba el absurdo, y sin duda ella estaba esperando a que lo hiciese yo.

Nos sentamos en la mesa que nos indicó el camarero, un rincón encantador junto a los ventanales.

—Gracias, Alex —murmuré—. Tomaré un café solo. Y un sandwich de pollo, por favor.

—Yo tomaré un café *latte* —dijo Alice.

No había esperado a que yo le preguntase. Era decidida. Me gusta. En cuanto el camarero nos dejó solos, decidí poner las cartas sobre la mesa.

—¿Cómo estás, Alice?

Ella sonrió. Estaba deslumbrante.

—¿Bieeen?

Le cogí la mano sobre la mesa. Me permití el gesto. Al menos antes de que pasásemos a las formalidades sobre el puesto que iba a ofrecerle.

—A veces sucede el milagro que esperamos. Sentí mucho haberte perdido el jueves en la puerta del Satellite.

Noté como su respiración se agitaba. No quería incomodarla. En ese momento vi que lo mejor era ser lo más franco y sincero posible.

—Verás. Hace unos días Laura Linley entró en mi despacho. Me pidió una candidata para el puesto de editora *junior* en nuestra colección de literatura juvenil. Es urgente. Es decir, la incorporación sería inmediata. No había tiempo para poner un anuncio específico y a decir de verdad, nos llegan decenas de candidatos todos los días. Abrí nuestra base de datos y me encontré con tu currículum. Te reconocí enseguida.

Alice me miraba, sin saber muy bien qué decir. Claramente estaba midiendo cada una de sus palabras. Necesitaba que se sintiera cómoda. Quería ponérselo muy fácil. Seguí hablando:

—Lo que quiero decirte, Alice, es que tu perfil es exactamente lo que estoy buscando. Al margen de lo que sucedió entre nosotros la semana pasada. Creo que los dos somos perfectamente capaces de llevar las cosas de manera profesional. Ahora quiero que me hables un poco de ti, del trabajo que has hecho hasta ahora. Quiero que me cuentes qué lees.

Llegaron nuestros cafés y mientras devoraba mi sandwich, Alice me contó todo lo que deseaba saber sobre ella.

CAPITULO 3

ALICE

—Empiezo en dos días —le dije a Erin, sin poder disimular la emoción.

Mi amiga estaba de pie, en medio de mi minúsculo estudio, sin dar crédito a lo que acababa de contarle. Tom Myers, el director de recursos humanos de una de las mejores editoriales de la ciudad, había resultado ser mi Tom.

—Es que no me puedo creer nada de lo que me has contado, Alice. Pero, ¿tú te has escuchado? El tipo que te salvó de un incendio y que te besa como si estuvierais en una película de los noventa para luego perderte de vista, resulta que te encuentra en su ordenador, te entrevista, y te ofrece el trabajo de tus sueños.

Asentí. Era un resumen un poco simple, pero así había sucedido.

—Fue un encanto, la verdad. Súper profesional.

—Ya, claro.

—Me llevó a desayunar, revisamos todo mi currículum y hablamos de libros durante dos horas. Me dijo que por él todo estaba ok y que si la Sargento Linley estaba de acuerdo, podría incorporarme cuanto antes.

—¿Sargento Linley?

—Así la llaman. Será mi jefa y estoy deseando empezar a trabajar con ella y absorber todo su talento. Tiene un olfato increíble para encontrar autores. Bueno, déjame terminar.

Terminamos de desayunar, regresamos a la oficina y me hizo esperar un momento en su despacho. Después me presentó a Linley y hablé con ella durante un buen rato. No me pareció tan fiera como la pintan. Exigente, puntillosa y extremadamente observadora, pero podré con ello.

—Por supuesto que podrás. Estoy convencida. ¡Cómo me alegro, Alice! Es genial. Es el trabajo que querías.

—No es solo el trabajo que quería. Es perfecto. No podría haber aterrizado en un sitio mejor. ¡Laura Linley, dios mío! Es un mito de la edición. Y yo voy a trabajar codo con codo con ella todos los días. Necesito salir y comprarme algo de ropa, Erin. Quiero estar impecable.

—Bueno, bueno. Pero también hemos de celebrar, ¿no? ¿Qué te parece si salimos a comer una pizza esta noche?

—¡Ay! Me encantaría.

—Y ahora lo vas a tener muy cerca —dijo Erin, mostrándome una de sus maliciosas sonrisas.

—¿A quién, a Myers?

—Oh, ¡venga ya! ¡Tom, querida! El mismo Tom con el que llevabas varios días fantaseando. Te ha buscado entre una montaña de millones de currículums para tenerte pululando por su territorio cada día.

Mi gesto se ensombreció. ¿Era posible que Erin tuviese razón? ¿Le había gustado a Tom y por eso había hecho todo lo posible para que Linley me aceptase? Antes de entrar al despacho de la jefa me había dado algunos consejos bastante certeros. *No le hables de vampiros adolescentes, ni de tendencias europeas. Ah, y tampoco le gusta que le pregunten por el horario de trabajo. Si tenéis* feeling, *yo mismo te daré todos los detalles específicos. Horario, sueldo, vacaciones y demás. No le hables de nada de eso a Laura.*

Todo había ido como la seda, gracias a sus palabras. No sé si mi currículum era lo que había impresionado a Laura Linley, pero apuesto a que no. Simplemente, era urgente. Estaba algo desesperada, pues tenían dos lanzamientos inminentes y la anterior editora les había dejado tirados.

No pensaba dejar escapar esa oportunidad de oro. Me daba igual cómo hubiese llegado. La cuestión era que ya tenía un pie dentro del sector y pensaba esforzarme al máximo.

—De todas formas, Erin, creo que puedes ahorrarte esa sonrisita maquiavélica que tan bien conocemos. El tema Tom Myers está más que aparcado. Esta es la oportunidad que estaba esperando, la razón por la que me mudé a Nueva York. No puedo dejar que un hombre me distraiga precisamente ahora. Agradezco su intervención divina en este asunto, pero me lo tomo como una señal del destino para trabajar en lo que siempre he soñado.

Erin me miró con la cabeza ladeada.

—¿Quieres decir que vas a dejar pasar...?

—Creo que es lo más adecuado, lo correcto, tanto para él como para mí. Por suerte no trabajaremos codo con codo, ni mucho menos. Nuestros departamentos apenas interactúan, así que es posible que haya días en que ni siquiera lo vea. Tengo que concentrarme en esto, Erin. Y él es un compañero de trabajo ahora. Solo fue un beso, seamos realistas. Yo, de ahora en adelante, solo rindo pleitesía a la Sargento Linley.

Erin reflexionó unos instantes antes de contestar:

—Suena todo muy bien. Pero me pregunto qué opinará él al respecto.

TODO POR UNA ENTREVISTA

TOM

Era el primer día de Alice en la oficina y quería asegurarme de que estaba cómoda y que tenía todo lo necesario. Le pedí a Liz que comprase una caja de donuts y que la dejase sobre su mesa. También le dejé claro que me ocuparía yo, personalmente, de enseñarle la oficina, algo que solía dejar en sus manos. Ni por todo el oro del mundo quería perderme los primeros pasos de Alice Thompson en WonderBooks.

—¿Una caja de donuts? —preguntó Liz, arrugando la nariz—. ¿Es una nueva política de la que no estoy al tanto?

—Sí —contesté—. Es un detalle de bienvenida.

Me miró con aquella sonrisa ladeada que tan bien conocía. Hacía cuatro años que Liz trabajaba a mi lado en la oficina. Me conocía mejor que mi madre. Nos llevábamos genial, además.

—Se te nota un poco, Tommy.

—¿Qué es lo que se me nota?

—Que te gusta la chica nueva. Es muy guapa, salta a la vista, y tiene ganas de aprender y trabajar. Solo espero que la Sargento no se la coma con patatas y que nos dure más de dos meses. Ese departamento es un desastre. Tiene demasiada rotación.

La miré atónito, pero no podía replicarle con alguna de mis gracias, porque estaba totalmente en lo cierto. Algo que me perturbaba un poco, pero a lo que ya me había acostumbrado, era que Liz salía con chicas y parecía tener exactamente los mismos gustos que yo. Morenas, con larga melena, esbeltas, a poder ser con curvas contundentes. Y era obvio que Alice también había llamado su atención.

Me abstuve de hacer comentarios. Era lógico que sospechase. Era muy raro que yo me implicase tanto en la contratación de un puesto *junior.* Sabía perfectamente que estaba interesado en ella y, la verdad, no me iba a molestar en negarlo.

—Los donuts, Liz. Gracias —sonreí, dando por zanjada la sesión de cotilleo.

Si tenía alguna esperanza de sobrellevar la constante presencia de Alice en la oficina de forma decorosa, sin alterarme, aquella intención desapareció de un plumazo en cuanto la vi. Había aparcado los incómodos tacones y se había enfundado unos vaqueros ajustados que le sentaban como un guante y que acentuaban sus sinuosas curvas. A decir verdad, el día de la entrevista estaba tan nervioso que apenas pude mirarla.

Estaba claro que aquella era la oportunidad que deseaba. El motivo por el que se había trasladado a Nueva York. Y yo podía ayudarla a conseguirlo. Me sentí feliz cuando Linley me dio el visto bueno, aunque le pedí a Liz que la llamase ella para darle la noticia. Era su momento, y a pesar de que apenas era cinco años menor que yo, Alice tenía que exprimir al máximo la oportunidad de trabajar junto a Laura, una de las mejores editoras de la ciudad. Lo mejor era aceptar que cualquier opción que pudiese tener para que Alice fuese mía debía quedar aparcada, al menos por el momento. Tenía que olvidarme del tema y ceñirme a nuestro código profesional.

Ese era el plan inicial.

Pero en cuanto la vi esa mañana, supe que me iba a resultar imposible cumplir con mi propósito. Ni de coña. Tenía que conquistarla como fuese.

CAPÍTULO 4

ALICE

—¿Puedo coger uno? —me preguntó Laura Linley mientras se sentaba en el borde de mi mesa y señalaba la caja de donuts que alguien había dejado esa misma mañana, junto con una nota manuscrita que aún no había tenido tiempo ni de leer.

—Claro. Por favor —cogí la caja y se la pasé.

—Alice, gracias por incorporarte tan rápido. Tenemos muchísimo trabajo. Sé que eres lista y vas a pillar todo rapidísimo. Me interesa menos que te preocupes por las dinámicas de WonderBooks. El día a día de la oficina es un poco irrelevante. Lo que quiero es que te vuelques en cuatro de mis autoras y, por ahora, que te pegues como una lapa a mi trasero para aprender lo máximo en esta primera semana.

La observé embelesada. ¿En serio Linley me iba a permitir estar a su lado a todas horas? Aquello era una pequeña sorpresa. Creía que me asignaría a alguna de las otras editoras —éramos seis en su departamento— para que me enseñase todo. Pero no. Nada de eso.

—Prefiero que vengas conmigo —dijo—. Así no adquirirás vicios y costumbres extrañas y aprenderás a hacer las cosas a mi manera. Te veo en diez minutos en mi despacho y empezamos.

Al fondo, por el pasillo, Tom se acercaba. Tragué saliva. ¿Era posible que estuviese si cabe más guapo que el día de la entrevista? Llevaba un traje de lo más elegante y estaba recién afeitado. Se acercó a mi mesa mientras yo pensaba que ojalá se le ocurriera besarme otra vez.

—Buenos días, Alice.

—Hola.

—Vengo a comprobar si los donuts han llegado. Y a enseñarte la oficina. Si quieres podemos...

Linley, que aún no se había retirado, lo miraba como si un alien acabase de aterrizar en Washington Square.

—Tom Myers, muy buenos días. Todo un honor verte por las catacumbas. Pero no será necesario. Seguro que tienes mucho trabajo. Yo misma enseñaré todo a Alice.

—Sí, pero tal vez necesitáis que os eche una mano con el acceso a la Intranet.

—Bueno. No hace falta —repuse, agitando el ratón del ordenador para encender la pantalla. Aunque la perspectiva de tenerlo sentado al lado y aspirar su delicioso perfume como una psicópata resultase bastante tentadora—. Se acaba de marchar uno de los chicos del departamento técnico y me ha explicado todo lo que necesitaba saber.

—Ya veo...Os dejo, entonces. Alice, si necesitas cualquier cosa...

—Gracias por los donuts, Tom.

—Dáselas a Liz —murmuró, mientras se daba la vuelta y regresaba a su despacho.

Linley lo observó.

—Está muy raro. Guapo, pero rarito. Nunca se digna a venir por el departamento de edición y...¿donuts para una recién llegada? ¡En la vida! Date por satisfecha.

—Oh, seguro que son para todas —contesté, mientras me ponía en pie para seguirla hasta su despacho—. ¿Cómo iba a comerme yo doce donuts, Laura?

La jefa me miró por encima de las gafas.

—Alice, voy a darte un primer consejo profesional. Apunta: te recomiendo que te mantengas alejada de Tom Myers. Es evidente que le gustas y eso es un problema. Es una especie de casanova. Te distraerá y necesito que estés aquí conmigo al cien por cien. Acerca esa silla y cierra la puerta. Tenemos mucho trabajo, querida.

TOM

Habían pasado cuatro días desde que Alice aterrizó en WonderBooks y todo me resultaba una auténtica tortura. ¿En qué momento pensé que podría sobrellevar la situación? La Sargento Linley prácticamente la había secuestrado y no la dejaba a sol ni a sombra. Reuniones con autores, almuerzos, presentaciones de novedades... se encerraban durante horas en la sala de lectura.

Era viernes y ya había decidido invitarla a tomar algo el fin de semana (a la mierda mis buenos propósitos iniciales), y a pesar de que tenía su número de móvil no podía usarlo a título personal. Y tampoco quería enviarle un email.

Conocía muy bien la política de la empresa en ese sentido. No se permitían las relaciones entre trabajadores. Simplemente, no eran una opción. Y aunque en un mundo ideal no debería suceder, WonderBooks no era precisamente un convento de clausura. Había líos entre empleados y todos lo sabíamos. Se hacía la vista gorda. Pero cuando eres el director de recursos humanos esta no es una cuestión que se pueda comprometer. He de mantener la bragueta bien abrochada y puedo decir que en los cinco años que llevo en la empresa, así ha sido. Mi conducta en ese sentido ha sido siempre intachable.

Hasta que llegó Alice Thompson, a quien, para colmo, había contratado yo mismo. Me revolví en mi asiento. Era incapaz de dejar de pensar en ella, y ya empezaba a aceptar la realidad. Necesitaba conocerla más, volver a besarla, como esa noche en el club, cuando apostaba cualquier cosa a que me iría con ella a casa. Era como si me hubiese hechizado durante esa maldita entrevista y fuese incapaz de liberarme de su influjo.

—Me voy ya, Tom —dijo Liz, poniéndose el abrigo e interrumpiendo mis fantasías—. Son las seis de la tarde de un viernes. ¿Vas a quedarte mucho rato?

Era un hecho que nadie trabajaba en aquella oficina un viernes por la tarde. Quedarse allí no tenía sentido, ni siquiera para mí.

—Voy a tomar una copa con unos colegas por aquí cerca —consulté mi reloj—. Dentro de una hora. Voy a hacer un poco de tiempo y ordenar unos papeles.

Liz me miró, sonriendo, como si me leyese la mente.

—¡Nos vemos el lunes, Tommy!

No era cierto. No tenía previsto ver a nadie. Simplemente había detectado que Alice se estaba quedando hasta tarde en la oficina, para ponerse al día con todo el universo Linley. La Sargento vivía allí, prácticamente. A veces se quedaba hasta las once de la noche. Era ella quien apagaba las luces.

Excepto los viernes. Los viernes por la tarde, a las cinco, tenía una clase personalizada de pilates que jamás se saltaba. Por tanto, si mis cálculos eran correctos, tal vez Alice estuviese aún por allí. Sola. O al menos, sin su jefa husmeando por la oficina. En cuanto vi a Liz desaparecer tras las puertas del ascensor, salté de la silla y me dirigí al departamento de edición.

No me equivocaba. La encontré sola, en su mesa, detrás de una pila de manuscritos. Tenía una sonrisa dibujada en su rostro mientras ordenaba aquellas pilas de papel que hizo que mi corazón empezara a acelerarse. Conocía muy bien la sensación de empezar a trabajar en aquello por lo que siempre has luchado. Me acerqué con cuidado para no sobresaltarla.

—Alice, ¿tienes un minuto?

Levantó sus enormes ojos marrones y los clavó en mi rostro. Estaba perdido ante semejante bellezón.

—Claro, dime.

Me senté en el borde de su mesa.

—Quería saber cómo ha sido tu primera semana. Si estás cómoda, si Linley es demasiado intensa...

—Todo es perfecto, Tom. Te agradezco mucho que te preocupes, pero las chicas me han acogido muy bien. Estoy aprendiendo todo bastante rápido.

—Sé que tienes mucho trabajo, pero no quiero que te sientas obligada a quedarte más horas de las que tocan. Seguro que Linley te lo dirá en unas semanas, pero puedes leer en casa sin problema. A ella le encanta vivir aquí. Este es su territorio, pero eso no significa que el resto de vosotras...

Alice se llevó a los labios el bolígrafo con el que jugueteaba. Vi su lengua asomar entre ellos, paseando sobre el plástico en un gesto inconsciente pero tremendamente sexy.

—No te preocupes, Tom. Estoy encantada. Y me llevo lectura para este fin de semana. Todo bien, de verdad.

Puso su mano sobre mi rodilla de forma casual y espontánea. Me encantó, pero tuve que ponerme en pie enseguida. Estaba empezando a excitarme y no quería incomodarla.

—¿Haces algo más este fin de semana? —le pregunté.

Me sonrió.

—¿Además de leer? No lo creo.

—¿Te gustaría subir conmigo a la terraza?

CAPÍTULO 5

ALICE

¡Problemas a la vista, Alice! Problemones. Eso era lo que me esperaba si entraba a solas de nuevo en ese ascensor con Tom Myers. Sabía muy bien que se moría de ganas de follarme. Lo sabía perfectamente y, *la verdad querido Tommy: el sentimiento es mutuo.*

Yo caminaba detrás de él como una autómata porque era imposible resistirme ni un minuto más a su evidente deseo. Había estado a punto de soltarle la verdad. ¿La semana? ¡Perfecta! ¡Genial! Si no fuera por la continua tortura que había sido verlo pasear por la oficina, hablando por el móvil, bromeando con unos y con otros, sin poder disimular que me moría de ganas de besarlo de nuevo, mientras trataba de absorber el gran volumen de información que Linley pretendía inocularme a toda costa en mi primera semana.

Pero era viernes por la tarde. La jefa se había marchado. Seguía teniendo veintisiete años y seguía siendo una recién llegada a Nueva York. Y mis hormonas estaban encendidas desde el incendio del jueves pasado.

Llegamos al ascensor. Antes de que llegase, y antes de que se abriesen las puertas, recuerdo que pensé: *que haya alguien dentro, por favor. Que no subamos solos a la planta veinticinco.* Pero nadie trabajaba ya a esas horas. Al menos no en la oficina.

Sabía perfectamente que nuestros cuerpos iban a reaccionar solos. Era inútil resistirse.

Pulsó el botón con el número 25 y acto seguido se dio la vuelta y me besó. Me acomodé en el rincón del ascensor y deseé que el tiempo se detuviese. Su lengua ya exploraba mis labios y mi entrepierna ya estaba en estado incandescente.

—Llevo toda la semana pensando en ti —me dijo, con la voz ronca—. Ha sido horrible. Necesito saciarme de ti y lo peor de todo es que ni siquiera me veo capaz de llevarte fuera de este puto edificio. No puedo esperar tanto, Alice.

Mi cuerpo reaccionó recibiéndolo, exactamente igual que aquel ascensor había hecho con nosotros, abriéndose sin remedio, dándole acceso a mi intimidad. Esa mañana había ido a una reunión con Linley y me había puesto un traje oscuro con falda.

Tom deslizó ambas manos por debajo, recorriendo mi cadera, y enredándose con los bordes de mis braguitas.

—Estás empapada —me susurró al oído.

No podía creerme que eso estuviese pasando. Era surrealista. Rodée su cuello con mis manos y lo atraje de nuevo hacia mis labios. El ascensor aminoraba su marcha. Estábamos llegando a la planta número veinticinco y solo esperaba que no hubiese nadie allí esperando el ascensor, porque no iba a tener tiempo para recomponerme.

A no ser que...

En ese momento, Tom estiró la mano y pulsó el botón de alarma. El ascensor se detuvo en la planta veintitrés.

—Tenemos unos diez minutos hasta que alguien venga a rescatarnos, Alice —susurró.

Me refugié en sus brazos y empecé a desabrocharle la camisa. Me moría de ganas de acariciarle el pecho, cubierto de vello oscuro. Aquello ya era imparable. Éramos imparables. Iba a suceder lo que ambos deseábamos.

TOM

Juro que era la primera vez que aquello me estaba sucediendo. No podía creer que tuviese a aquella mujer entre mis brazos, por fin. Lamenté no poder colmarla con una buena cena, una copa de vino, un postre y un paseo en taxi por las calles de Manhattan, de noche, rodeando sus hombros con mis brazos, con destino a mi cama. Pero todo aquello llegaría, inevitablemente, porque no pensaba separarme de ella en todo el fin de semana, si ella me lo permitía. Si aceptaba pasar conmigo el resto de la semana, del mes, del año. Era deliciosa. Aún no le había hecho todo lo que quería hacer y ya pensaba en más y más. En repetir una y otra vez.

Alice se giró, encarando el espejo, apoyando sus manos resbaladizas en el cristal y acercando su trasero a mi polla, que ya había liberado y que deseaba a todas costa abrirse paso entre sus piernas. Leí al milímetro todos sus deseos. La abracé por la espalda, introduje la mano izquierda debajo de su blusa de tirantes y le acaricié sus abundantes pechos por debajo del sujetador. Un gemido se escapó de su garganta.

Subí su falda e introduje un dedo en su interior. Estaba tan húmeda y tan preparada para mí que mi urgencia aumentó todavía más. Me acerqué a su oído. Quería respirar su expiración.

—No tenemos mucho tiempo —susurré —. ¿Quieres que pare, Alice? Me costará la vida, pero haré lo que me pidas.

No me lo creí ni yo, la verdad. Pero haría lo que ella quisiera. Cumpliría sus deseos, sus órdenes, al pie de la letra.

—No —murmuró —. No quiero que pares.

FUE TODO CUANTO NECESITABA oír. Sus piernas se abrieron un poco más y fue imposible resistirme. La penetré allí mismo, contra el espejo del ascensor. Su respiración y su temperatura empezaron a acelerarse. Empujé durante varios minutos mientras agarraba sus rebosantes pechos, que parecían crecerse bajo mis manos. Su aliento empañó el espejo de repente. No podía más.

Se corrió enseguida y yo la seguí. Después se giró, se abrazó a mí y juntos tratamos de pausar nuestra respiración y recomponer cuerpo y ropa.

—Vendrá alguien enseguida a abrir la puerta manualmente —le dije.

Ella me sonrió mientras metía los bordes de su blusa en la cintura de la falda.

—¿Lo sabes por experiencias previas?

—Oh, no, claro que no. Me he quedado muchas veces atrapado en estos ascensores —contesté—. Solo, quiero decir.

En ese instante la puerta se abrió y allí apareció Leroy, uno de los guardas de seguridad del edificio.

—¿Estáis bien? —nos preguntó.

—Todo bien. Nos dirigíamos a la terraza y se paró en seco.

El vigilante me miró, como si no se creyese nada de lo que le estaba diciendo, pero asintió y nos dejó seguir nuestro camino. Metió una de sus llaves en la ranura de la caja de mandos y el ascensor volvió a funcionar correctamente.

—Buen fin de semana, chicos.

Llegamos a la terraza y mientras Alice observaba me acerqué a su cuello.

—Tenía muchas ganas de poner la ciudad a tus pies —le dije.

Se rio y me dio un golpecito en el codo. Me encantaba hacerla reír.

La abracé por la espalda, a pesar de que era consciente de que alguien podía vernos. Fue un acto reflejo y no medí ni una sola de las posibles consecuencias. Pero no quería, bajo ningún concepto, que percibiese cualquier alejamiento por mi parte. Era todo lo contrario a lo que yo deseaba. No era algo común en mí, y era del todo consciente de lo que me estaba pasando.

Con cualquier otra hubiese puesto cierta distancia de por medio después de hacerlo. Pero no con Alice. Quería más y más de ella y en aquel momento aquel metro que nos separaba ya era un suplicio. Así que me acerqué de nuevo a su cuerpo.

—Vuelvo a preguntártelo, perdona, ¿qué haces este fin de semana?

—No había hecho planes, Tom. Leer en mis cafeterías favoritas, pasear, ya sabes. Localizar a la próxima autora superventas entre las pilas que me ha pasado Linley.

—¿Querrías cenar conmigo esta noche?

Se sonrojó, pero la sonrisa de felicidad que exhibió resultó de lo más contagiosa.

—Me encantaría.

—Y desayunar mañana —recalqué.

Charlamos un rato en la terraza hasta que el cielo empezó a oscurecerse. No me había dado ni cuenta y media hora había pasado. Alice me hablaba de su llegada a Nueva York, de su amiga Erin, de sus sitios favoritos recién descubiertos y de cómo le gustaba tumbarse en Central Park a leer.

La vi cuando nos dimos la vuelta y regresábamos al ascensor. En el otro extremo de la terraza, semioculta por una antigua barra de bar que usábamos en algunas fiestas y recepciones de la editorial, estaba Laura Linley, hablando por el móvil. Nuestras miradas se cruzaron. Levantó la mano y me saludó desde la distancia. De esta manera no dejaba lugar a dudas de que nos había visto.

No le dije nada a Alice.

CAPÍTULO 6

ALICE

El lunes entré en la oficina como si flotase en una nube de algodón. Había pasado todo el fin de semana con Tom en su apartamento de Brooklyn, y encima me había dado tiempo de revisar los manuscritos que Linley me había encomendado.

El domingo fue perfecto. Me llevó a un restaurante japonés que tenía el mejor ramen del mundo y después pasamos la tarde en su casa. Yo leía en un sillón junto a la ventana y Tom practicaba con su guitarra, algo que, me dijo, solo hacía los domingos por la tarde y en completa soledad. *Es la primera vez que dejo que alguien me escuche tocar.*

Dejé las cosas sobre mi mesa. Ruby, una de las editoras, levantó su taza de café vacía, un gesto inequívoco para que la acompañase a la cocina a llenarla. Un pequeño ritual que ya habíamos establecido con la que, consideraba, podía llegar a convertirse en mi primera amiga en WonderBooks.

En ese momento, Linley apareció en mi campo de visión.

—Alice, ¿puedes venir un momento a mi despacho?

Su gesto no me acaba de gustar. Demasiado seria. Linley no era alguien risueño, pero los lunes solía llegar de buen humor a trabajar, según me habían dicho.

En cuanto entré, cerró la puerta. No me pidió que me sentara, así que entendí que solo tenía que comunicarme algo rápido.

—No quiero inmiscuirme en tu vida privada —dijo, mirándome de forma directa—, pero lamento que no hayas hecho caso de mi consejo.

Me quedé petrificada. Abrí la boca para pedirle que fuese más específica, pero la cerré en cuanto me di cuenta de que sabía perfectamente a qué se refería. A Tom, claro. Era la única referencia "personal" que tenía sentido en todas mis conversaciones con la jefa. Prácticamente solo habíamos hablado de libros durante la última semana. Esperé para ver si elaboraba un poco más, cosa que, por supuesto, hizo a continuación:

—Me refiero a Tom Myers. Os vi juntos el viernes, en la terraza de la planta veinticinco.

Me miró, esperando alguna reacción, pero yo seguía en shock.

—Mira, lo entiendo. Entiendo que sois jóvenes y os sentís atraídos el uno por el otro. Es obvio. Salta a la vista desde el momento en que entraste por esa puerta. Pero va en contra de las normas, es todo. Yo solo soy una vieja liberal de Louisiana, me da exactamente igual lo que hagáis en vuestro tiempo libre. Pero si llega a los oídos del señor Wallace, el amo y señor de esta casa, no creo que le haga demasiada gracia. Y lamentablemente, Alice, aún estás en periodo de prueba, así que yo de ti...

—No hay nada —la interrumpí—. No hay nada, Laura. Entre Tom y yo. O al menos, no debe haberlo. Este trabajo es muy importante para mí y no voy a permitir que nada se interponga o me desconcentre. Él se ha acercado a mí, pero hablaré con él y le diré que no es posible.

Laura Linley suspiró.

—Yo solo te prevengo. Es mejor evitarse ese tipo de problemas. Y ahora, ¿podemos revisar esos informes de lectura?

—Por supuesto.

Me senté en su mesa e hice uno de los mayores esfuerzos de mi vida por no desmoronarme. Sabía muy bien lo que me tocaba hacer. Lo que debía. Pero no por eso dejaba de dolerme.

TOM

Colgué el teléfono y tuve que contenerme para disimular el subidón de adrenalina y las ganas de compartir con Alice la buena noticia. Era curioso. Ella había sido la primera persona en la que había pensado tras la llamada con Arthur Mitford. Observé a Liz, que a su vez me devolvía la mirada, un poco desconfiada. Yo jamás salía de nuestro despacho para atender una llamada si no era algo absolutamente confidencial.

Pero lo era. Era la oportunidad que había estado esperando desde hacía mucho tiempo. Primero encontrar a Alice y después de esto. *Estás de suerte, Myers*, pensé.

—¿Y esa sonrisa de perturbado? —me preguntó Liz.

—Uhm... buenas noticias. Eso es todo.

—¿Y bien? ¿No me lo piensas contar?

Me reí.

—Aún no puedo decir nada. Trae mala suerte.

—Tampoco me has dicho nada sobre el fin de semana.

—¿El fin de semana?

—Tom. Todos los lunes, sin excepción, me das un parte detallado de todo lo que has hecho con tus amigotes.

A través del cristal vi cómo Alice se metía en el cuarto de las impresoras. Me levanté de golpe. Tenía que compartir con ella la buena noticia.

—Luego te cuento —respondí a Liz, a pesar de que no era de las que se rendía fácilmente. Estaba con la mosca detrás de la oreja y no iba a parar hasta que le confesara hasta el último de mis pecados —. He de imprimir unos documentos.

Salí del despacho acristalado de recursos humanos que compartíamos Liz y yo y me dirigí al zulo de las impresoras. Era uno de los puntos muertos de la oficina. Una habitación sin luz natural, sin ventanas y también sin miradas indiscretas.

Me asomé a su interior. Alice estaba de espaldas, esperando a que un manuscrito terminase de imprimirse. Cerré la puerta con cuidado de no sobresaltarla y me acerqué despacio. La abracé por la cintura. Habíamos tenido mucho cuidado esa mañana al llegar a la oficina. Nos separamos un par de manzanas antes de llegar y la dejé subir primero, para que nadie nos viese.

—Tengo noticias...—le susurré al oído.

Se giró de golpe y me apartó suavemente. Me miró y de repente era como si sus ojos fuesen un poco más oscuros. Algo estaba mal.

—¿Qué ha pasado? —le pregunté. No soportaba que no me permitiese acariciarla. Allí estábamos completamente a salvo.

—Tom, Laura nos vio. El viernes, en la terraza. Y quién sabe qué más...

Se separó de mí, recomponiéndose al instante. Maldita Linley.

—Alice, no te preocupes por ella. Yo me ocupo de...

—No, Tom. Tiene razón. Aquí hay un conflicto de intereses. No se permiten las relaciones entre empleados y debemos acatar las normas. Me lo dijiste muy claramente, y yo estoy en pleno periodo de prueba.

Sus ojos brillaban de una manera muy triste. Las lágrimas se agolpaban bajo sus pupilas y aquello me partía por dentro.

—Escúchame, Alice. Déjalo en mis manos. Solo te pido que confíes en mí y yo lo solucionaré.

—Lo siento. Este trabajo es muy importante para mí y no puedo arriesgarme a perderlo. Ya me he arriesgado, de hecho. Creo que es mejor que mantengamos la distancia, Tom. No quiero tener problemas con Linley.

Salió de la habitación con los brazos cargados de papel, sin esperar mi respuesta. No podía retenerla y la idea de esperar a salir de aquel edificio para poder hablar tranquilamente no era compatible con esa última mirada gélida que me lanzó antes de regresar a su mesa.

La entendía a la perfección, pero yo sabía, sin ningún lugar a dudas, que lo que había nacido entre nosotros ese fin de semana era cien por cien real. Y algo por lo que, estaba del todo convencido, valía la pena luchar.

CAPÍTULO 7

TOM

Regresé a mi despacho, frustrado y confuso. Tenía que hablar con Linley para asegurarme de que nada de ello afectase a Alice. Jamás me perdonaría que perdiese el trabajo por culpa de mi ineptitud. Yo era quien tenía un cargo de responsabilidad y no había estado a la altura.

—Tom —dijo Liz—. Te ha llamado Wallace hace unos minutos. Quiere que vayas a su despacho, en cuanto puedas.

—Enseguida iré. He de hablar con Linley.

—Tom, ha dicho que era urgente.

Mierda. Yo también tenía que hablar con él, y apostaba a que no le gustaría demasiado lo que iba a decirle. Liz me miró con un gesto interrogante. Aquel lunes no era como los demás y alguien tan intuitiva como ella podía notarlo a la primera de cambio.

Salí de nuevo del despacho en dirección a la planta superior, donde estaba el superjefe. El amo de Wonderbooks. Elio Wallace. Hablábamos muy poco, ya que él prácticamente solo se relacionaba con Linley, y era ella o su propia secretaria, Meredith, quienes se ocupaban de ponerlo en contacto con el mundo real.

Meredith, que era una señora que debía rondar los setenta años pero que seguía al pie del cañón junto a Wallace, me observó por encima de sus gafas nada más salir del ascensor. El mismo ascensor que había compartido con Alice el viernes por la tarde cuando... solo de volver a pensar en ello me endurecía de nuevo.

Y no, aquello no convenía justo antes de entrar al despacho de Wallace.

—Buenos días, Meredith. Me temo que me buscan. ¿Puedo pasar?

Me lanzó una mirada de pena que no anticipaba nada bueno, pero la cuestión era que ya me daba igual.

Pasé junto a su mesa y eché un vistazo a la novela romántica que andaba leyendo a escondidas, pero al contrario que otras veces, no hice ningún comentario jocoso al respecto.

Entré en el despacho de Wallace, que estaba hablando por teléfono. Me hizo un gesto para que me sentase mientras terminaba su conversación. ¿Lo dejaba hablar a él primero, o me adelantaba?

Pasó un minuto antes de que me soltase un monólogo que me dejó clavado en la silla.

—Myers, ¿qué tal todo? Hace tiempo que no hablamos.

Aquello era algo impropio de él.

—Todo bien, Elio.

No dije más. Teníamos una relación cordial, pero no quería perder toda la mañana en su despacho. Se reclinó en su sillón y se llevó ambas manos a la nuca, una curiosa postura para decirme lo que le estaba quemando.

Verás, intentaré ser breve. Ha llegado a mis oídos que has tenido una pequeña...indiscreción con una de las nuevas editoras de Linley. Una joven llamada...Alice, a la que aún no he tenido el gusto de conocer. Y que además la contrataste tú hace solo una semana.

Empezaba fuerte, pero era yo quién tenía el as en la manga.

—Bueno, Elio. No sé qué te han contado, pero...

—No me lo han contado, si te digo la verdad. Lo he visto con mis propios ojos.

—¿Cómo?

—Hay cámaras en los ascensores, Tom. Dejémoslo ahí.

De repente enmudecí. No tenía en absoluto conocimiento de que hubiese cámaras allí. Tampoco tenía que saberlo, pues eran propiedad del edificio y su seguridad concernía al propietario, no a las empresas que lo ocupaban.

—Son invisibles, están en la parte superior de cada ascensor. Mira, obviamente eso ya no importa, y esas imágenes ya no existen. Me he ocupado personalmente de que las borrasen para proteger a mi equipo. Pero conoces las normas, Tom. Y en este caso, sintiéndolo mucho, me temo que esa chica no pasará el periodo de prueba.

Me revolví en el asiento.

—No puedes despedirla, Elio. Fue culpa mía. Yo me dejé llevar y la arrastré conmigo.

—Hijo, no te culpo. Pero esta es una empresa pequeña. No puedo permitir que esto vaya a más, y desde luego tendríais que haberos contenido. Da igual, solo quería prevenirte, porque a pesar de que Linley no está de acuerdo, vamos a tener que buscar a una sustituta para cuando concluya su periodo de prueba. No os puedo tener a los dos aquí, Tom. Y lo sabes tan bien como yo.

Me hirvió la sangre. No lo iba a permitir. Wallace se levantó de su silla.

—Y ahora si me permites...

—Espera, Elio. Creo que la solución puede ser otra. Yo también tengo algo que decirte.

ALICE

El ambiente en WonderBooks estaba enrarecido y era palpable. Aquella tarde no me quedé demasiado en la oficina. A las seis y media me asomé al despacho de Linley y le dije que tenía que ir al dentista y que me llevaba cosas para leer. Asintió, pero no dijo nada. No estaba de buen humor ni yo tampoco.

Quería salir de allí antes de encontrarme de nuevo a Tom, o que a él se le ocurriese venir a buscarme a mi mesa con cualquier excusa. Mi decisión era firme. No podíamos estar juntos mientras los dos trabajásemos bajo el mismo techo. Eran las normas que él mismo había redactado en uno de los manuales de recursos humanos que su compañera Liz me había entregado, junto con los donuts.

Los donuts. Salí del edificio y empecé a caminar por Park Avenue, buscando alguna pastelería o algún sitio donde pudiese comprar algún dulce. No se me ocurría nada mejor para aplacar las inmensas ganas de llorar que sentía, después de haber rechazado a Tom en el cuarto de las impresoras. Había visto su gesto serio y entristecido, pero no había otra opción.

Entré en una confitería llamada Mallory's Cafe. Empezaba a llover en Manhattan y aquel ambiente era justo lo que necesitaba para recomponerme un poco y tratar de apartarlo de mi mente, antes de regresar a casa.

Aún no conocía bien aquella zona de la ciudad. Apenas había despegado mis ojos de los manuscritos que Laura me había asignado durante aquella primera semana. Pedí un té con leche y un trozo de pastel de queso con arándanos y busqué el rincón más apartado, junto a un ventanal. El murmullo de los clientes, en su mayoría jóvenes de mi edad con sus portátiles, me ayudaría a concentrarme en la lectura.

Se cayó de la primera página que abrí. Era un pequeño sobre que no recordaba haber guardado, pero que reconocí al instante. Era la nota que acompañaba la caja de donuts que había encontrado en mi mesa el primer día. Lo abrí. Me sorprendió ver su firma y encontrarme por primera vez con su caligrafía pulcra y afilada. Era una nota de Tom:

Por muchos reencuentros contigo, ahora sí: todos los días,

Bienvenida a WonderBooks,

Tom

X

Se me humedecieron los ojos. Justo en ese instante levanté la vista y lo vi allí, pegado al cristal, sonriéndome, con el pelo húmedo. Su chaqueta empezaba a oscurecerse con la lluvia. Señaló la silla vacía que yo tenía delante, al otro lado de la mesa. Entonces pensé que si teníamos que poner el freno a nuestra historia, al menos merecíamos una conversación como es debido. Asentí y Tom entró en el local.

Me cogió la mano en cuanto se sentó.

—Te he seguido desde la calle cuarenta y dos. Corriendo.

—Tom. Yo...

—No, déjame hablar por favor. Alice. He hablado esta mañana con Elio Wallace. He presentado mi renuncia. Dejo WonderBooks.

—¿Cómo?

—Hace un mes me llamaron de un grupo editorial. Uno de los grandes, de los *big five*. Su director de recursos humanos se jubila este mes y habían pensado en mí. Me hicieron una oferta interesante. Les dije que lo pensaría.

—¿Y aceptaste?

—He aceptado hoy. Esta mañana, a primera hora, me han llamado y me han ofrecido aún más dinero que la primera vez que hablamos. No puedo decir que no a esa oportunidad.

—Me alegro mucho por ti, Tom.

Un reguero súbito de tristeza bajó por mi garganta junto con el sorbo de té. Aquello significaba que ya no lo vería todos los días. Que tal vez aquello era una despedida definitiva.

—¿Sabes lo que eso significa, no, Alice?

Le miré. Recordé el primer beso que me dio, los dos a oscuras, rodeados de luces de neón y de humo que luego resultó no ser efectos especiales. Me encogí de hombros. Quería que lo dijese él. Solo si lo escuchaba salir de sus labios, se convertiría en una verdad absoluta.

Tom no parecía dispuesto a decepcionarme.

—Que podemos estar juntos, Alice. Sin que nada ni nadie nos lo impida.

Se levantó por encima de la mesa y cogió mi rostro entre sus manos con cuidado. Me besó y me habló de futuro.

Nuestro futuro en Nueva York.

EPÍLOGO

CUATRO MESES DESPUÉS... TOM

—¿Crees que nos lo podemos permitir? —me preguntó Alice.

Me daba igual, la verdad. Había visto el brillo en sus ojos al dar los primeros pasos por aquel apartamento en el East Village, junto a Thompkins Square, y supe al instante que sería nuestro. Allí construiríamos nuestro primer hogar.

—Por supuesto que sí —le dije, acercándome por detrás y abrazándola.

La comercial se apartó de nosotros para dejarnos cierta intimidad mientras acabábamos de decidirnos. Habían pasado ya cuatro meses desde que dejé WonderBooks y no podía haber tomado una mejor decisión.

Sin embargo, pasado un tiempo, había comprendido al instante que no podía dejar pasar ni un día sin ver a Alice, sin besarla y sin oír su voz y su risa, y sin contemplar cómo leía con una taza de té en las manos. Así que le propuse que nos fuéramos a vivir juntos. En Manhattan. Ella me miró sorprendida. Dos segundos después, me abrazó.

—Ahí podría poner un enorme sillón para leer, y una lámpara —me dijo, señalando uno de los rincones del salón.

—Yo podría tocar la guitarra allí —señalé el lavadero.

Me besó y noté cómo me excitaba de nuevo. Eso es lo que me trae de cabeza respecto a esta mujer. Estaría haciéndole el amor a todas horas. Sin duda, vivir juntos ayudará un poco con la logística.

Por suerte, mi salida de WonderBooks fue discreta y rápida. Liz fue promocionada a directora de recursos humanos y me aseguré de que Elio no armaría ningún revuelo respecto al asunto del ascensor.

La verdad: no le he dicho nada a Alice respecto a la conversación que tuve aquella mañana con él en su despacho. Tampoco hizo falta. Al cabo de dos semanas, Alice consiguió cerrar un acuerdo de colaboración de tres libros con una de las jóvenes promesas de la literatura juvenil. Linley está encantada con ella. La considera su firme sucesora.

¿Y yo? Yo no puedo ser más feliz. Tengo un anillo guardado desde hace un par de semanas y justo ahora, en este apartamento vacío y luminoso que se convertirá en nuestro hogar, acabo de visualizar el sitio exacto en el que le pediré que se convierta en mi prometida. Aquí, en medio de ese salón aún sin amueblar. Después de una cena romántica entre cajas y velas, sentados en el suelo.

No sabía que la buscaba hasta que la encontré. A la elegida, la que espero sea, algún día, la madre de mis hijos.

Y estaba entre una pila de currículums.

¿Quién me lo iba a decir?

FIN

¿TE HA GUSTADO ESTA historia? Si es así, te recomiendo leer mi nueva serie "OFICINA WONDERBOOKS". ¡Todas las historias suceden en la misma oficina en la que trabajan Tom y Alice! El primer título es LEJOS DE SU AMBICIÓN.[1]

1. http://www.amazon.es/Lejos-ambici%C3%B3n-Elsa-Tablac-ebook/dp/B09N2PKB2Q/

CONTENIDO EXTRA

A continuación puedes leer los primeros capítulos de LEJOS DE SU AMBICIÓN.

¡Esta es la primera historia de la serie Oficina Wonderbooks!

CAPÍTULO 1

NAOMI

La desfachatez en persona tenía nombre. Sí. Se llamaba Mark Perry. Y en ese preciso instante me sonreía de manera burlona con el codo apoyado en el tanque de agua potable mientras yo arrugaba un folio con el puño y hacía lo imposible por no comérmelo de la rabia.

Comerme el papel, quiero decir. No al maldito Perry.

Una de las editoras, Ruby, se acercó y me dijo al oído:

—Acompáñame a la cocina. Ahora. Si te quedas aquí le lanzarás algún objeto contundente y puntiagudo y eso te traerá problemas.

Tenía toda la razón. Respiré hondo y la seguí por el pasillo. Entramos en la cocina de la planta catorce, en el ala este del edificio que albergaba la sede de las oficinas de la editorial WonderBooks, donde ambas trabajábamos desde hacía más de tres años.

Ruby cerró la puerta para evitar oídos indiscretos y apoyó su espalda en ella. Me miró con un gesto interrogante.

—Pensé que querías un café —le dije.

—Naomi, ¿qué ha sido eso?

—¿Que qué ha sido? —estallé—. ¿Acaso no lo has visto con tus propios ojos? ¡Me ha robado mi trabajo! Se ha adjudicado mis ideas para el lanzamiento de la nueva novela de Leah Ellington. ¡Todas y cada una de ellas!

Ruby suspiró.

—Se suponía que teníais que trabajar juntos en el plan de marketing.

—Lo de juntos es relativo. Estamos en el mismo departamento, eso es todo. Yo tengo mi camino y él el suyo.

—Sois un equipo, Naomi. Te guste o no. Tenéis que acostumbraros de una vez por todas a trabajar juntos. Cierta competencia es sana, pero esto no lo es. Lo vuestro empieza a ser enfermizo.

Mark Perry y yo trabajábamos a las órdenes de Dean Harrington, el director de marketing de WonderBooks. Mark había llegado a la empresa hacía apenas cinco meses. Y no podía despojarme de la sensación de que, casualmente y a pesar de lo atractivo que me resultaba, todo en mi vida andaba mal desde que él había aparecido en ella.

Pero colmo había sido esa misma tarde en la reunión de equipo; cuando Mark se plantó delante del proyector y explicó el plan que habíamos elaborado los dos hacía solo un par de días, o más bien yo misma, mientras él tomaba notas; adjudicándose mis mejores ideas.

Cogí la taza que Ruby me ofrecía y di un sorbo. Mi estómago no recibió muy bien su contenido. Casi vomito.

—¿Qué es esto?

—Te he preparado una tila.

—¿Una tila? ¿Estamos en los noventa de nuevo y no me he enterado?

—Te veo un poco alterada.

—Es para estarlo, Ruby. Reconócelo.

Se sentó a mi lado.

—Veamos...

Lo peor de todo era mi confesión de la otra noche.

—Dices que habéis trabajado juntos en la presentación pero que él se ha adjudicado tus ideas —dijo Ruby.

Algo que me encantaba de ella era que siempre estaba dispuesta a analizar cualquiera de mis preocupaciones y convencerme de que no eran para tanto.

—Hemos trabajado juntos porque tengo entendido que somos un equipo. O al menos eso es lo que Dean nos repite todos los días. Y tú misma lo acabas de decir.

—No sé, Naomi. A lo mejor ha usado demasiado el "yo" mientras hablaba, pero su lenguaje corporal no mentía. Yo creo que Mark te tiene en cuenta. Y mucho.

Lo de la confesión de la otra noche. Aclarémoslo. Salí con Ruby y Alice, dos de las editoras, a tomar algo en nuestro bar fetiche de Broadway, como hacíamos muchos jueves al terminar nuestra jornada. Y absolutamente alcoholizada, les había confesado mi pequeño secreto: que mi compañero Mark Perry me parecía muy atractivo, y que eso en el fondo era un problema, porque lo tenía pegado a mi trasero ocho horas al día (no de manera literal) y nuestras miradas se cruzaban constantemente porque el separador de las mesas solo llegaba hasta nuestra nariz.

—¿Y por qué no bajas la altura de la silla? —preguntó Alice, arrugando la nariz.

Las tres explotamos con una carcajada. La cuestión es que aquello no era algo que hubiese confesado en el caso de estar completamente sobria. Jamás se me ocurriría contar en voz alta aquel sucio secreto que me perturbaba incluso a mí misma.

Ruby y Alice habían sido lo suficientemente discretas como para no recordarme lo que había dicho al día siguiente; pero en aquel momento tenía delante a Ruby, lista como una pequeña ardilla lectora, sentada conmigo en la cocina de la editorial, intentando que me calmara, convenciéndome de que no odiaba a aquel maldito presuntuoso. Más bien todo lo contrario.

—El famoso techo de cristal, Ruby —le dije—. Siento que subo en el ascensor y que me acerco cada vez más a él.

—No me habléis de ascensores —dijo una voz a nuestra espalda—. ¿Se puede?

Era Alice. No esperó a que la invitásemos a entrar. Cerró la puerta y fue directa al armario donde estaban las tazas.

—¿A quién estáis despellejando?

—A Mark Perry —contestó Ruby.

—¿Qué ha hecho esta vez?

—¿No lo has escuchado en la reunión? —pregunté. Alice era de naturaleza soñadora y solía abstraerse bastante en las reuniones del departamento. A veces incluso se ponía a leer uno de los manuscritos con los que siempre cargaba.

—A ratos, si te digo la verdad.

—Hablaba en primera persona.

—¿Y?

—Pues que el trabajo es de los dos.

Alice suspiró. Volcó el agua caliente en una de las tazas y sumergió en ella una bolsita de té.

—¿Puedo decirte algo sin que te enfades, Naomi?

Me levanté. Aquel pequeño juicio con forma de aquelarre empezaba a ponerme nerviosa. Y sabía que mis dos compañeras solían decir verdades como templos.

Alice no esperó mi permiso:

—Creo que le gustas.

Me reí.

—Venga ya.

—Yo estoy de acuerdo con ella —espetó Ruby.

—Estoy hablando de mi trabajo, chicas.

—Y él a ti también te gusta—remató Alice.

—Si lo dices por lo que solté el otro día en el pub, creo no estaba en mis cabales...

—Eso también. Pero no. Lo digo porque vuestra tensión sexual es evidente. Y pienso que los dos sois brillantes y los mejores en lo vuestro y que vais a hacer que mis autoras vendan miles de libros.

—No se trata solo de eso. Se trata de que no nos adaptamos el uno al otro. Nuestras maneras de enfocar el trabajo son completamente distintas...

Observé a mis dos compañeras, que a su vez me devolvían la mirada con el rostro ladeado.

—Creo que me marcho a casa —anuncié de repente.

—¿Qué quieres decir? No irás a...—. Un signo de preocupación se dibujó en el rostro de Ruby.

—¡No seas ridícula! No le voy a dar la satisfacción de dejar este trabajo.

—Naomi, Mark no quiere que te vayas...

—Por supuesto que no quiere. Sobre todo cuando aprovecha mis ideas para adjudicárselas. Estoy agotada. Me llevo el portátil y estaré pendiente del e-mail desde casa.

No me gustaba por donde estaba yendo aquella conversación con mis dos amigas, así que hice lo que mejor funcionaba en esos casos: huir de allí. Se suponía que debían estar de mi lado de forma incondicional, y sin embargo las notaba tibias respecto a las triquiñuelas de Mark Perry.

El tema empezaba a incomodarme, aunque me pasaba tantas horas al día sentada en la mesa de al lado que para mí era inevitable terminar hablando de él.

Solo que ellas pensaban que era por las razones equivocadas. Había dedicado tantos minutos a criticarlo a muerte junto a la máquina de café, en los paseos hasta el metro, en las pausas que hacíamos en la terraza o en el pub de Broadway; que empezaban a sospechar que estaba obsesionada con mi compañero de departamento. Que tal vez no era la pesadilla que yo les describía con tanto detalle.

Tomé nota de aquella desilusionante conversación con Alice y Ruby y me prometí a mí misma no hablar de Mark Perry en, al menos, tres días.

Y sin embargo, él parecía empeñado en ponérmelo aún más difícil de lo que yo esperaba.

Abrí la puerta de la cocina y me topé de bruces con mi archienemigo. Casi se cae de bruces en el momento exacto en el que la abrí.

—No me lo puedo creer. ¿Qué estás haciendo, Mark?

Era más que evidente lo que estaba haciendo. Estaba espiándonos.

—El marco de esta puerta está desencajado.

Levantó la mano y golpeó con contundencia la madera, que volvió a su sitio al instante. Juraría que esa puerta estaba desencajada desde que llegué a WonderBooks. En ese instante me encontré atrapada entre las miradas curiosas de Ruby y Alice y el poderoso torso trajeado de Mark. Apoyó las manos a ambos lados de la puerta y fijó sus penetrantes ojos azules en los míos.

Entonces pasó algo inesperado. Mi enfado, justo en el momento en el que debería estar en su punto álgido, pareció aplacarse. El tiempo se congeló unos segundos.

Mark acercó un poco su rostro al mío.

—¿Sabes por qué es importante que las puertas encajen bien, Naomi?

Apreté los labios. No porque estuviese a punto de escupirle, sino porque era incapaz de articular palabra en cuanto imaginé lo que Mark soltaría a continuación:

—Porque de esa manera es más fácil evitar oídos indiscretos.

Mi enfado afloró de nuevo.

Lo empujé para que me dejara pasar. ¿Cuánto de lo que se había dicho en la cocina había escuchado exactamente?

—¡Naomi! ¡Espera un momento!

Seguí caminando por el pasillo.

—¡Naomi!

—Tengo prisa, Mark. He de irme.

—Pero si solo son las cuatro. ¿Dónde?

Aquel hombre era un fastidio, por muy guapo que fuese. Su presencia era demasiado intensa y me perturbaba reconocer que no era solo alguien con quien trabajaba durante ocho o nueve horas al día y que desaparecía de mi pensamiento en cuanto ponía un pie en la calle. Desde hacía unas semanas, Mark Perry se colaba en mi pensamiento mientras miraba por la ventana de mi apartamento, mientras metía la ropa sucia en mi lavadora, mientras trataba de dejar la mente en blanco durante el trayecto en metro de regreso a casa. Y todo se había desencadenado a partir de aquel maldito sueño húmedo.

Me dirigí hacia mi mesa en el departamento de marketing. Recogí rápidamente mi bolso, el ordenador portátil y mi abrigo, bajo la mirada imperturbable de nuestro jefe, Dean.

—¿Te marchas? —me preguntó, mientras devolvía la vista a la pantalla de su móvil.

—Seguiré trabajando desde casa hoy, Dean.

—¿Va todo bien?

No. *Me ahogo*, debería haberle dicho. Estoy confundida por un sentimiento muy extraño. Porque odio y deseo al mismo tiempo. ¿Eso existe? ¿Eso es realista? ¿Qué puedo hacer para sobrellevar mejor este asunto?

—Sí, todo perfecto. Ha de venir un operario a hacer una reparación en casa.

Dean me miró. Nuestro jefe tenía la virtud de la prudencia. Era como si, la mayoría de las veces, sus silencios comunicasen más que sus palabras.

—Te veo mañana, entonces —me dijo.

—Claro.

—Y comentamos la reunión de hoy.

Me apresuré a abandonar la oficina, pues veía que Mark se acercaba de nuevo por el pasillo en dirección a su mesa. Vi su ridícula taza de *Star Wars* junto a su ordenador y pensé en golpearla disimuladamente con mi bolso y que se rompiera en mil pedazos. Le tenía mucho apego a aquel absurdo recipiente con forma de Yoda y ¡con orejas puntiagudas! Una taza con orejas, has leído bien.

Salí casi corriendo de allí y unos instantes después me vi pulsando el botón del ascensor como si estuviera en una película de terror.

CAPÍTULO 2

MARK

—¿Tienes un segundo, Dean?

El jefe apartó la vista de la pantalla y me observó, pero hizo caso omiso de mi pregunta. En ese momento aprovechó para hablarme de algo que, al parecer, le rondaba desde hacía un tiempo.

—Precisamente a ti quería verte. Me mudo mañana —me dijo.

—¿Cómo?

—Hace un tiempo le pedí a Elio un despacho propio. Y esta mañana me ha dicho que han conseguido encontrar un espacio para mí. Ya sabéis que a veces he de hacer algunas llamadas confidenciales y así Naomi y tú podréis tener un poco más de intimidad y limar esas asperezas que parece que persisten. Bueno, es todo lo que puedo contarte por ahora.

Sus palabras me confundieron en un primer momento. No sé si "intimidad" era exactamente lo que Naomi y yo necesitábamos. Tal vez eso solo empeoraría aún más la situación. Por supuesto, la perspectiva de estar a solas con ella durante gran parte del día me parecía perfecta, el escenario ideal, pero dudaba mucho que mi compañera estuviese de acuerdo.

—Precisamente quería hablarte de Naomi —anuncié—. Y de cómo había ido la reunión de hace un rato.

—Siéntate.

Me acomodé en una de las sillas que había delante de su mesa.

—Casi todos los puntos del plan de promoción de la nueva novela de Leah han sido idea suya. Tal vez ya lo imaginas.

Dean extendió la mano y cogió de nuevo el documento que le habíamos entregado. Revisó las últimas dos páginas.

—Sí, lo había supuesto.

—Y sin embargo, supongo que durante la presentación me emocioné con el proyecto y tomé la palabra más de la cuenta. Estoy tratando de corregir eso, Dean.

—¿Corregir qué, exactamente? ¿El entusiasmo? ¿Las ganas?

—No. Creo que Naomi se molestó. Y siento que estoy aprendiendo tanto de ella...que es injusto que se sienta mal por mi... ímpetu.

Dean aparcó los papeles a un lado y me observó.

—Necesito que resolváis esas diferencias. Siento que tengo al mejor equipo de marketing de Nueva York, o al menos que podría llegar a tenero; pero no lo será si no aprendéis a trabajar juntos. Quiero que os sincronicéis. Estamos en el buen camino. Mañana mismo nos reunimos los tres y quiero que os sinceréis y que veamos exactamente dónde está el problema.

Acto seguido, Dean cogió una caja de cartón que permanecía plegada y apoyada en la pared y empezó a guardar en ella todo lo que había en su escritorio.

Volví a mi mesa y observé el espacio diáfano y ordenado que ocupaba Naomi. El mío, como contraste, era un caos de papeles, libros, post-its, tazas sucias, pelotas de goma y memorias USB.

Yo no necesitaba sincerarme en ninguna reunión porque sabía exactamente dónde estaba el problema. El problema era la resistencia de Naomi, el muro férreo que había construido a su alrededor y que no me dejaba ni un resquicio.

Nuestras mesas estaban separadas por un biombo de madera que terminaba a la altura de nuestros ojos. No veía su apetitosa boca cuando se dignaba a decirme algo. Solía enviarme e-mails concisos y secos, a pesar de que podía decirme casi todo de viva voz.

—Prefiero que quede todo por escrito —me dijo en una ocasión en la que me quejé en voz alta de la cantidad de correos que se enviaban en aquella empresa, algo que encontraba particularmente irritante.

Se me ocurrió una idea. Regresé a la mesa del jefe, donde él proseguía con su mudanza.

—¿Tienes por casualidad un destornillador, Dean?

—Por supuesto. Siempre.

Hurgó en el último cajón de su escritorio, donde sabía de buena tinta que escondía una botella de *bourbon* de la que daba algún que otro discreto sorbo de vez en cuando. Dean no necesitaba ninguna ayuda con su "mudanza" porque seguramente no quería bajo ningún concepto que nadie revolviese en aquellos cajones en los que tanto Naomi como yo habíamos encontrado auténticos tesoros.

Me entregó el destornillador que guardaba por ahí. Regresé a la pequeña isla de mal rollo que ocupábamos Naomi y yo y desatornillé el biombo de madera que nos separaba.

Al día siguiente, en el momento en que viese que ya no había barreras físicas entre nosotros, habría guerra, pero si ella era mi contrincante, estaba preparado para mil y una batallas.

Porque no pensaba parar.

No íbamos a parar.

Ella, hasta desbancarme.

Yo, hasta que me permitiese separar sus rodillas y hundir mi lengua entre sus piernas.

Y todo apuntaba a que, ahora que no tendríamos la constante presencia de Dean Harrington a escasos metros, vigilando cada uno de nuestros gestos, las cosas iban a ponerse un poco más intensas.

Dean pasó por mi lado, cargando con una de sus dos cajas. Se detuvo un segundo.

—No sé si eso le va a hacer mucha gracia —dijo, señalando las fotos que se habían desparramado por el suelo.

En su lado del separador, Naomi había pegado con cinta adhesiva: dos fotos —una de su hermana y su sobrino y otra en la que salía ella misma, en una de las fiestas de Navidad de la editorial, acompañada de Ruby y Alice—, una ilustración de un buda, un post-it en el que ella misma había escrito "LO QUIERO, PUEDO HACERLO, LO CONSIGO"; y otro post-it en el que había garabateado un nombre masculino: RYAN. Justo debajo había escrito el nombre de un bar de copas de Park Avenue que me sonaba —Apricot—, un día y una hora: jueves 5 a las siete de la tarde.

Ese día era jueves 5.

No me gustó el trazo que componían aquellas cuatro letras: R-Y-A-N; que había reseguido de forma distraída, probablemente mientras hablaba por teléfono.

Despegué con cuidado las fotos y las notas y las dejé junto al teclado de su ordenador de mesa.

Después se me ocurrió una idea maquiavélica, pero, conociéndome a la perfección, era mejor admitir desde un primer momento que iba a ser incapaz de quitármela de la cabeza. Sabiendo que bordeaba la ilegalidad, o al menos una absoluta indecencia, supe que me pasaría por aquel bar ese día a esa misma hora, porque era imposible que aquello no fuese una cita. Una corriente eléctrica me sacudió ante la posibilidad de que Naomi estuviese a punto de verse con otro hombre —que no era yo— en un bar de Midtown esa misma tarde.

No era ninguna corriente eléctrica. Eran simples y puros celos, y cuanto antes lo reconociese, mucho mejor para mí.

Consulté mi reloj. Tenía tiempo de ir a casa, posponer mi clase de artes marciales y pasarme por aquel bar. Mejor aún, tenía tiempo de llegar justo antes que ella.

Que la embargase la sensación de tener la mala suerte de haberse topado conmigo, de haber escogido ella misma el peor sitio posible para su encuentro.

Regresé a la mesa de Naomi, cogí la nota en la que había apuntado las coordenadas de su cita y me la guardé en el bolsillo. Tenía que destruirla. Si ella la veía al día siguiente en un lugar que no era donde ella la había pegado, sabría de inmediato que yo la había visto. Era lista. Una mujer perfectamente capaz de atar cabos.

Supongo que no pensé que tal vez aquella no era la mejor manera de solucionar nuestras diferencias. Pero había huido de la oficina después de contarle a sus amigas lo que había dicho de mí. Lo que les había confesado hacía solo unos días. Lo que sentía. Y aunque ahora se empeñase en enterrarlo y lanzar la llave de su secreto al fondo del océano, yo era un excelente buceador.

En ese momento yo no sabía identificar la línea que separaba la obsesión del amor. Y la posibilidad de arruinarle una posible cita era un plan demasiado tentador al que no iba a intentar resistirme.

Dean dio un nuevo paseo hasta su mesa. Ni siquiera me había dicho dónde estaba ese dichoso despacho en el que pensaba atrincherarse a partir de esa misma tarde.

—Ah, por cierto —dijo el jefe—. El hecho de que mi mesa quede libre no significa que Naomi o tú podáis ocuparla. Creo que van a llevársela en los próximos días. Díselo mañana a primera hora, por favor, porque va a querer cambiarse ahí en cuanto vea que está libre y que has estado haciendo...algunas reformas.

—No hay problema. Me ocupo de decírselo en cuanto la vea.

—Y otra cosa más —Dean se acercó como si fuera a revelarme un secreto—. Supongo que conoces esa política de recursos humanos que prohíbe las relaciones...de tipo personal entre los empleados.

Asentí. No tenía la menor idea al respecto.

Dean continuó hablando:

—Solo quiero que sepas que a mí me da igual lo que hagáis. Siempre y cuando alcancemos los objetivos del departamento y seáis discretos.

No me iba a molestar en ahondar en esa cuestión. Tenía mucho que hacer esa tarde.

—¿Te importa si sigo trabajando también desde casa hoy, Dean?

El jefe no me contestó. O no me oyó, así que tomé el silencio como un sí. Estaba hurgando en el último cajón de su escritorio, y mirando a izquierda y derecha.

El cajón de los secretos.

CAPÍTULO 3

NAOMI

En cuanto puse un pie en el Apricot me animé, pensando que tenía una oportunidad de oro para reconducir el día. Había quedado con Ryan, un antiguo amigo-barra-amante de mi época de estudiante en Boston.

Con Ryan las cosas solían ser fáciles y divertidas. Él seguía viviendo en Boston, pero siempre que venía a Nueva York por trabajo —unas cuatro o cinco veces al año—, se aseguraba de llamarme para ver si tenía un rato libre para comer o tomar una copa una vez hubiese terminado su jornada de reuniones.

¿Cuánto tiempo había pasado desde que nos habíamos acostumbrado a esta dinámica? ¿Seis años? ¿Siete?

No siempre le decía que sí. No siempre podíamos hacer hueco para vernos, y desde luego no siempre las cosas iban más allá de un rato divertido. Alguna vez habíamos acabado en su hotel. Otras, —la mayor parte de ocasiones—, no (eso era algo que él siempre dejaba a mi elección).

A veces sus visitas habían coincidido con que yo estaba saliendo con alguien. Y yo no era una persona infiel. Eso no iba conmigo. En cualquier caso solo veía a Ryan como "un amigo entrañable", algo que ninguna de mis amigas terminaba de entender y que, por ese mismo motivo, yo había convertido en mi pequeño secreto esporádico.

Ni Ruby ni Alice, por ejemplo —podía considerar a ambas mis mejores amigas en la ciudad dado que pasábamos muchas horas juntas en la misma oficina—, sabían lo más mínimo de su existencia. Y así seguiría siendo. Todos tenemos secretos, ¿no? Lo difícil, a veces, es autoconvencernos de que es sano tenerlos.

Me dirigí hacia la pared de la izquierda del bar, donde había una hilera de elegantes mesas alineadas frente a una serie de espejos de grandes dimensiones. Ryan me había enviado un mensaje hacía solo cinco minutos:

Nena, me temo que voy a retrasarme unos diez minutos. No más, lo prometo. Tengo ganas de que me cuentes absolutamente todas tus novedades.

La puntualidad no era una de las virtudes de Ryan y yo debía haberlo previsto. El local estaba bastante lleno en la zona de la barra, pero no las mesas donde pretendía acomodarme, preferiblemente en una con buenas vistas sobre toda la fauna del pub. A aquellas horas se llenaba de oficinistas estresados con demasiadas ganas de encarar el fin de semana.

Como si yo no fuera una de ellos.

Una de las camareras me vio y me hizo un gesto, indicándome que vendría enseguida a tomar nota.

Por lo general, siempre que quedaba con Ryan trataba de tomar una decisión previa sobre si acabaríamos la noche en su hotel o no. Ese día lo tenía muy claro: tomaría con él una cerveza —dos, si era absolutamente inevitable— y me marcharía a casa.

Y de nuevo esto formaría parte de mi colección de secretos, pero me dije a mí misma que el día que había pasado junto a Mark en la oficina, su irritante actitud durante nuestra presentación y el hecho de que lo pillase *in fraganti* escuchando nuestra conversación en la cocina; habían arruinado cualquier deseo de acostarme con Mister Boston (así era como llamábamos a Ryan en la universidad).

Ahí estaba, pensando de nuevo en él, en el olor irresistible que me había inundado al abrir la puerta y encontrarme con el cuello de su camisa. Cerré los ojos para recrearme en ese momento y cuando los abrí la camarera estaba junto a mí. No tenía la menor idea de lo que le apetecería beber a Ryan, así que solo le pedí una cerveza para mí.

Y cuando ella se apartó, como si de repente las pesadillas invadieran la luz del día, me encontré de nuevo con su arrogante sonrisa.

El mismísimo Mark Perry estaba allí, en el Apricot, mirándome desde la barra. Levantó una copa de cerveza en mi dirección. Mantuve la vista fija en un punto determinado por encima de su hombro e hice como que no lo había visto. Intenté que mi cara se mantuviese estática como la de la esfinge de Giza.

Entonces hice lo que haría cualquiera: echar mano de mi teléfono móvil y buscar desesperadamente el chat que tenía con Ryan para ver si existía una mínima opción de cambiar de bar de inmediato, de esfumarme como el Espíritu de las Navidades Pasadas.

Y justo cuando empezaba a teclear y a rogarle que cambiásemos de bar recordé que ya había pedido mi cerveza, y que justamente se acercaba en esos momentos hacia mí sobre la bandeja de la camarera. *Mierda,* pensé.

Y lo segundo: ¿por qué me molestaba tanto que Mark estuviese a punto de verme en compañía de Ryan? ¿Porque Ryan era siempre especialmente cariñoso conmigo? ¿O porque eso solo le daría más información sobre mí? Datos que en cualquier momento podrían convertirse en un arma arrojadiza.

Guardé el teléfono en el bolso, dispuesta a ignorar a Mark Perry y disfrutar de la noche. Di un largo sorbo a la cerveza que aquella mano amiga había plantado frente a mí y fue como si mis órganos internos se resituaran. Qué triste era pensar que aquello de "hoy necesito un trago" cada vez me encajaba más. Solo esperaba seguir manteniéndolo como ocasional bebedora social cuando se acercaba el fin de semana.

Miré al frente como si viajase en uno de los ferrys que van hasta Staten Island y me estuviese mareando: sin prestar atención a nada en concreto. Solo esquivar el imán de la mirada de mi némesis, Mark Perry.

No sé cómo se las apañaba para hacer que todo gravitase en torno a él en cualquier momento.

¿Cuánto iba a tardar en reconocer lo mucho que lo deseaba? No ante él, por supuesto, jamás le daría esa satisfacción; sino ante mí misma.

Me encantaba cuando estábamos en la oficina y hacía cosas brutas y ridículas, como ajustar de un manotazo el marco de una puerta; o cuando revolvía el completo vertedero en que se había convertido su mesa y no lograba encontrar lo que quería. Me encantaba cuando inclinaba su espalda sobre la silla y cerraba los ojos, y se masajeaba las sienes. Me gustaba cuando me lanzaba cualquier objeto para llamar mi atención o para irritarme, cuando soltaba una carcajada por cualquier *meme* ridículo de Internet y cuando se recomponía al instante, poniendo voz seria y formal para atender una llamada.

Las cosas que me irritaban de él, por desgracia, tendían a superar todos esos pequeños detalles encantadores. Su desmedida ambición era nuestro principal problema. Sabía muy bien que quería ser director de departamento, que quería sentarse en la silla de Dean más pronto que tarde y que en cuanto lograse ser mi jefe se cobraría todos y cada uno de mis desplantes.

Solo que yo jamás le daría esa satisfacción.

Porque en el momento en que Mark Perry se convirtiese en mi jefe, si es que eso llegaba a suceder por alguna carambola del destino, aquello pasaría de inmediato a la categoría de ultraje y yo presentaría mi carta de renuncia al minuto uno.

Levanté la mirada, tratando de localizarlo con disimulo; y observé cómo una esbelta rubia se había detenido a saludarlo. Aproveché para analizar la escena desde la distancia. Estudié sus respectivos lenguajes corporales. Ella coqueteaba con él. Él, como de costumbre, se pavoneaba.

Una náusea me invadió.

No me lo podía creer. No era posible que fuese a vomitar; y sin embargo era mejor prevenir que protagonizar un nauseabundo espectáculo en medio del bar. Vi desde la distancia un gesto de horror de la camarera, que alzó una mano en mi dirección.

Me levanté y salí corriendo hacia el baño, con mi bolso bajo el brazo. De camino se lo lancé a la camarera que entendió, gracias a mi poder telepático —supongo—, que debía custodiarlo hasta que recuperase la compostura.

HAY UNA COSA QUE ODIO en las películas. Bueno, hay muchas, pero esta en particular. ¿Sabéis cuando uno de los personajes se lleva un profundo disgusto que le causa tal impacto que vomita acto seguido? En un lugar común, un cliché del cine que ya tenemos interiorizado. Es horrible, vomito.

Y en ese instante, increíblemente, estaba de rodillas en uno de los impecables baños del Apricot devolviendo mi almuerzo. Y lo que quería, lo que necesitaba saber era qué había provocado exactamente aquella indisposición; los nervios que había acumulado aquel día, mi rabia contenida, encontrarme con Mark en el bar o el simple hecho de verlo coqueteando con la rubia.

O a lo mejor era el cúmulo de todo aquello. Por suerte, me sentí infinitamente mejor en cuanto tiré de la cadena y mis fluidos se perdieron en el subsuelo de Manhattan.

Oí un golpecito en la puerta del baño en el que me había escondido. Debía ser la camarera.

—¡Un segundo! —exclamé.

Cerré la tapa y me senté unos instantes sobre el inodoro para recomponerme. Un calor súbito me recorrió la espalda. No, definitivamente no estaba bien. Apoyé la cabeza en la fría pared de mármol.

De nuevo, llamaron a la puerta. Oí un murmullo ininteligible, una voz masculina y familiar que debía salir directamente de mi imaginación, porque estaba en el baño de chicas.

—Naomi...

No podía ser. ¡NO PODÍA SER! El maldito Mark Perry me había seguido hasta el baño.

Insistió con los nudillos.

—Naomi, ¿estás bien?

—Estoy bien, ¡vete, Mark, por favor! No puedes estar aquí.

—Déjame entrar.

—¿Te has vuelto loco?

—Naomi, en cuanto has salido disparada hacia el baño han retirado todas las cervezas que acababan de servir. La camarera me ha dicho que les han entregado una caja en mal estado.

Lo que me faltaba, ahora resulta que habían estado a punto de envenenarme. ¿Y yo pretendía reconducir el día?

Mark volvió a golpear la puerta.

—No pienso irme hasta que me asegure de que estás bien.

—¿No te vale mi palabra?

—No. Quiero verlo con mis propios ojos.

Sabía muy bien que a testarudo no le ganaba nadie. Volvió a golpear la puerta con los nudillos. La abrí con todo el ímpetu que me quedaba en las entrañas y se precipitó sobre mí.

Rápidamente, se apartó, cerró la puerta del excusado y se apoyó en ella.

—¿No te han enseñado que no hay que apoyarse en las puertas cerradas, Mark Perry?

—Me encanta cuando me llamas por mi nombre y apellido. No sé si te das cuenta de lo ridícula que suenas. Suenas como una vieja institutriz. Una de esas que hace demasiado tiempo que no folla.

Supongo que le habría propinado un bofetón si la intoxicación no me hubiese debilitado.

—Fantástico. Lo que me faltaba. Apártate, Mark. Tengo que volver al bar. Mi cita debe estar esperándome.

—No vas a ir a ningún sitio hasta que no solucionemos nuestras diferencias.

Solté una carcajada.

—Estás loco si crees que voy a hablar contigo aquí y ahora.

—Es el sitio y el lugar perfecto. Aquí nadie nos molestará.

Entonces lo hizo, me besó. Se arriesgó como nunca ningún otro hombre lo había hecho. Arriesgó su integridad física, su dignidad, su estabilidad profesional y hasta su lengua.

www.ingramcontent.com/pod-product-compliance
Ingram Content Group UK Ltd.
Pitfield, Milton Keynes, MK11 3LW, UK
UKHW040012200726
13854UKWH00001B/168